爲詩人蓋一個家

徐國能——文
周見信——圖

為詩人蓋一個家

第一章　何處是我家

「小心、小心——」高大哥的話還沒說完，杜甫已經一腳踩進爛泥中，提起腳時，布鞋還陷在泥濘裡，看到杜甫狼狽的樣子，大家同時哈哈大笑起來。

「嗨，這一定是老天爺的意思，」杜甫也開心的說：「老天爺一定是希望我就住在這裡，每天念詩給祂聽

呢！」

時間是西元七六〇年，唐朝的安史之亂仍在北方持續，已近五十歲的大詩人杜甫帶著妻子和兩個兒子、兩個女兒，一路風塵僕僕逃難到了青山綠水的四川成都，暫時住在破廟裡。這位曾在皇帝面前詠詩、被詩仙李白視為好兄弟的大詩人，在到處流浪之後，終於有了安定下來的想法。

今天，在附近做官的詩人高適，

特地約了一群朋友和杜甫來到浣花溪邊，打算在這裡為他蓋一棟房子，一個詩人的家。

「爸爸，爸爸，快來看啊！」杜甫的長子熊兒和弟弟驥子已經跑得不見蹤影，只聽到他們在遠處大喊：「好多蜻蜓啊！」

「哥哥，等我——」兩個小女孩映竹和小荷也追了上去。

「你們別跑那麼快，小心跌進水裡。」

杜甫索性脫掉鞋襪，漫步在美麗的水邊，嫩草刺得他腳底癢癢的，遠方青山藍天是春雨後的清朗，一雙白鳥悠悠劃過水光閃動的江面。杜甫心想：「故鄉洛陽的水邊沒有這樣遼闊，京師長安的曲江，讓朝廷修築得富麗堂皇，但也比不上這裡的清幽純樸……」

「高大哥，」杜甫說：「若是真的能在這裡住下，還真是我的福氣呢！」

陽光下，蜻蜓的翅膀閃耀著奇異的光輝，一對對野生的水鳥，自在的在河裡泅泳，「無數蜻蜓齊上下，一雙鸂鶒對沉浮。」杜甫即刻有了詩興，就眼前的風光吟出了詩句，「我才來到這裡，就已經和這裡的一切成為好朋友了呢！」

「太好了，杜兄願意在這裡住下來，我們是很歡迎，」一位腆著大肚皮的裴先生說：「只是——」

「裴兄有何擔心呢？」高適小心的問，他知道這附近所有的土地都屬於這位裴冕先生。

「嗨，我說呢，杜甫願意在這裡落腳，我們多了一個詩友酒伴，良辰美景，大夥誦詩品酒，多好啊！」裴先生說：「只是這一帶的蟲魚鳥獸可要糟了，一不小心就給杜兄捉到詩裡囉……」

「哈哈哈！」大家一起大笑了起來。

「唔——」一位瘦巴巴的老頭在眾人說笑時，已經領著一個壯碩的小伙子，慢慢的在地上插滿高矮不一的木樁，他一面瞇著眼睛測量，一面不時趴在地上拍著土地，原來他是成都有名的建築師董大先生。

「董大先生，沒問題吧？」裴先生遠遠的叫喚。

「沒問題的，諸位大人，」董大說：「這裡地質堅固又十分平坦，老夫已經想好怎麼幫杜先生蓋間冬暖夏涼的好房子！」

「好！有董師傅這麼一句話我們就放心了，地上你儘量蓋，一切包在我身上。」裴先生說：「走，我們去喝一杯，慶祝杜甫成為我們的好鄰居。」

杜甫心裡十分感動，即刻在心中吟成了作品：

浣花流水水西頭，主人為卜林塘幽。
已知出郭少塵事，更有澄江銷客愁。

無數蜻蜓齊上下，一雙鸂鶒對沉浮。
東行萬里堪乘興，須向山陰上小舟。

杜甫正沉思在詩句中，忽然聽到孩子們喊著：「爸爸，爸爸，這個給你——」杜甫一回頭，兩個小女兒編了一個好大的花環，戴在了他的頭上。

詩解

浣花流水水西頭，主人為卜林塘幽。
已知出郭少塵事，更有澄江銷客愁。
無數蜻蜓齊上下，一雙鸂鶒對沉浮。
東行萬里堪乘興，須向山陰上小舟。

這首詩題為「卜居」，是杜甫初到成都不久所作。〈卜居〉本來是屈原《楚辭》裡的一個篇章，屈原問占卜的官員，要如何立身處世。這裡杜甫借用了這個題目，意思是「如何找一塊地蓋房子」。

詩中寫出他到浣花溪旁，主人（裴冕）覺得這裡很幽靜，想替他蓋一間住宅。而他自己覺得這裡遠離塵囂，江水澄淨，和大自然裡的鳥獸蟲魚合為一體，是理想的居所。最後兩句是說，如果有一天他動了鄉思，想回故鄉，只要登上小船，順流而下，就可以回到東方的故鄉了。

在詩末，杜甫用了一個《世說新語》裡面的故事：在東晉，有一位叫王子猷的人住在山陰縣，有天晚上下起大雪，他起來喝酒吟詩，覺得有點寂寞，忽然想起住在遠方的好朋友戴逵，於是便一時興起，決定坐著小船，順流東下去拜訪好友。

第二章　及時雨

春光和煦，杜甫牽著女兒站在江邊，房子的地基已經完成，許多梁柱也已經架好，工人在董大先生的指揮下來來去去，畫眉、杜鵑、八哥和許多不知名的小鳥，也在附近的樹林歌唱。只是將近一個月沒下雨，土地非常乾涸。

杜甫眺望淺淺的江水，回想起他的一生，不禁百感交集。他在唐朝國勢最盛的玄宗時代出生，但沒多久母親就去世了。杜甫一直不記得媽媽的樣子，常常感到很遺憾。杜甫的爸爸杜閑，經常在外地做官，因此他是由姑姑撫養長大。

小時候，杜甫總以為姑姑就是他的媽媽，因為他們家除了杜甫，還有三個兄弟、一個小妹妹，但這位姑姑非常疼愛杜甫，什麼好吃的、好玩的，全都留給他；還教他讀書識字，讓他可以繼承祖父杜審言的衣缽，成為一位大詩人。

杜甫長大後有很高的志向，「窮年憂黎元，嘆息腸內熱」，他總是非常關心百姓生活，想為國家做點事。可惜事與願違，人生不斷遭受挫折，雖然才名遠播，但兩次考科舉都沒有上榜，所幸在朝廷裡做官的韋老先生很喜歡他，已經名滿江湖的李白大哥也給了他很多鼓勵。有一次，玄宗皇帝讀到了杜甫的作品，非常訝異：「這是誰寫的呢？」

「啟稟聖上，」宰相說：「這是一位青年詩人，杜甫的作品。」

「唔，不簡單啊！」老皇帝沉思了一會兒，吩咐：「你去試試他的才學，讓他來為朝廷服務吧！」

沒想到杜甫才要步入仕途，國家就發生了天翻地覆的大動亂。胡人將軍安祿山起兵造反，攻破洛陽、長安。「國破山河在，城春草木深。」玄宗皇帝逃到了遠方，杜甫目睹家國的殘破，一切理想都成為泡影。……在一連串的顛沛流離下，杜甫也失去了人生的大好機會。不過他並沒有灰心，站在清澈的江水邊，杜甫心想，我雖然沒有機會為百姓服務，但是總可以用文學，用詩，來為人間創造一些美好吧？

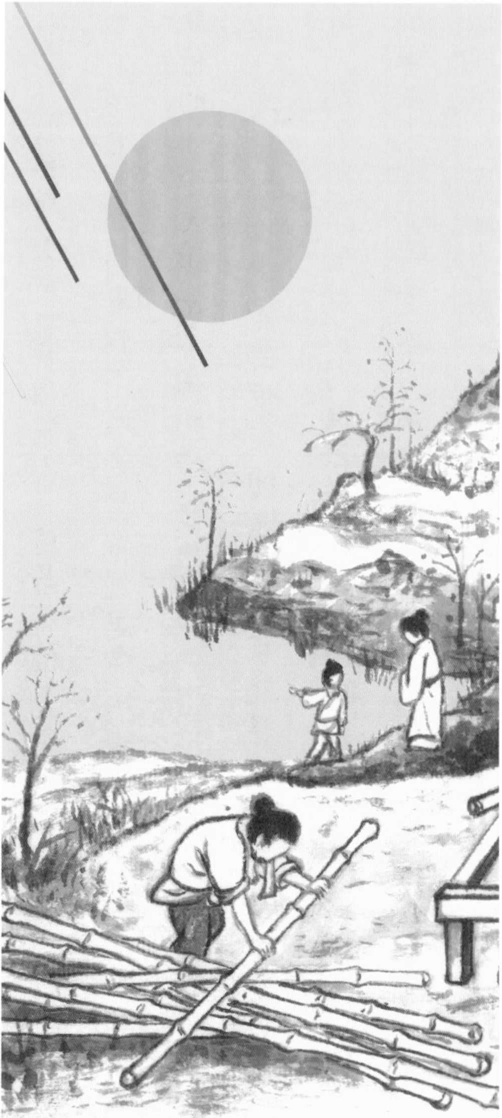

「爸爸、爸爸」，哥哥熊兒氣喘吁吁的跑到江邊：「爸爸，不好了，弟弟病得很嚴重，媽媽要你趕緊回去。」

杜甫一聽，心中立刻糾結成一團烏雲，想起了那件可怕的事。

原來四年前，在戰亂中，杜甫原有一個出生不久的男嬰，因為缺乏食物和醫藥，來不及長大就去世了，這是杜甫心中最傷痛的事。這個月，因為籌建新的房舍，一家人忙進忙出，前兩天弟弟驥子開始發燒頭痛，吃不下東西，本來以為休息幾天就好，但今天病況急轉直下，已經開始昏迷了。

杜甫一回到破廟裡，只見一位醫生模樣的老先生正在為驥子把脈，過了許久，老先生走出房間，要來紙筆，開了一張藥方：「杜先生，令郎的病不輕啊，」老醫生緩緩的說：「我這藥方，如果即時給他服下，也許還有機會，千萬不能拖延。」說完，嘆了一口氣，搖搖頭走了。

杜甫一看，不得了，都是非常昂貴的藥材，但家裡一向貧困，多年的一點點積蓄，早已投入了新房子的建築中，高適、裴先生這一陣子也出錢出力，實在不好意思再去麻煩他們。杜甫一抬頭，看見妻子焦急的眼神，慚愧的低下頭來。

杜甫拿著藥方，正不知該怎麼辦才好，門口熊兒養的大黃狗卻汪汪叫了起來。

「杜先生、杜先生，」好熟悉的聲音：「你們是在這裡嗎？」杜甫推門一看，唉呀！「你是？」眼前的人面容十分熟悉，卻又一時想不起來。

「表哥，你都不認得我啦，我是王沖啊！」可不是嗎？這人正是從小一起長大的王表弟，有幾十年沒見啦！

雖然表弟胖了許多，也比杜甫高了半個頭，但小時候的神情還依然掛在圓圓的臉上，兩人一見面，往事湧上心頭，緊緊相擁。

「真抱歉，幾十年沒見，應該要好好款待你，」杜甫說：「但今天家裡正逢急事，我需先出門張羅張羅。」

王表弟是很豁達的人，他說：「沒要緊，我們邊走邊說，我來蜀地十幾年啦，一定比你熟悉，走！我陪你辦事去。」

原來王表弟從小就不太喜歡讀書，卻喜歡交朋友，十幾年前就來到四川，先是和朋友一起經營藥材生意，發了一筆財，現在正在將軍府中做些清閒的管帳工作。之前聽人說起有位叫杜甫的詩人來到成都，一直不敢確定就是自己的表哥，今天特地來探訪。

聽說了杜甫的情況，王表弟接過藥單，仔細研究了一回，大手一揮：「這薛神醫的藥方開得極好，表哥，這且包在兄弟身上，這是我的老本行，一會兒便把藥送去，您先回家陪著孩子。」

「這……」杜甫還欲說什麼，王表弟已經騰騰的走遠了。

「好一點了嗎？」杜甫擦去驥子額頭的汗珠，關心的問。這已經是杜甫遇到王表弟的三天以後了。

「爹，我好多了。」驥子說。

「這薛神醫的醫術在我們這是出了名的，」每天都來探視的王表弟笑咪咪的說：「表哥，服了他的藥，您大可放心。」

杜甫緊緊握住表弟的手，感激的說：「這一次要不是有你幫忙……」

「咱們是一家人嘛！不必客氣。」表弟說著說著，從懷中掏出一個布包，「表哥，這是我給您蓋房子的一點心意，請你收下。」

杜甫接過沉甸甸的銀兩，心中百感交集，想起了姑姑的慈愛，想起了和表兄弟們一起讀書、玩耍的日子，想起小時候庭院中的梨子、棗子成熟時，他爬上樹梢採果子，表弟在樹下接應，每天玩得不亦樂乎。

忽然大家都長大了，各奔東西，沒想到在最需要幫助時，表弟意外出現了。杜甫提筆寫下了詩篇：

客裡何遷次，江邊正寂寥。
肯來尋一老，愁破是今朝。
憂我營茅棟，攜錢過野橋。
他鄉唯表弟，還往莫辭遙。

此刻，天外響起幾聲悶雷，淅瀝淅瀝的下起雨來，只聽到牆外幾個農人高興的說：「這可好了，不怕沒水耕田了，真是一場及時雨。」

詩解

客裡何遷次，江邊正寂寥。
肯來尋一老，愁破是今朝。
憂我營茅棟，攜錢過野橋。
他鄉唯表弟，還往莫辭遙。

這首詩的題目是：〈王十五司馬弟出郭相訪兼遺營茅屋貲〉，意思是王兄弟（司馬，是官職名稱，十五是家族中的排行）特地出城來拜訪我，還送了我一筆蓋房子的錢。

這首詩是說自己作客他鄉，時常搬家，一人獨居江邊非常孤獨，但竟然有闊別已久的兄弟特別來拜訪，解決了我生活上的許多難題，終於讓我開懷大笑。而這位兄弟，擔心我沒錢蓋房子，還為我送來資金。人在異鄉，只有這樣好的表弟可以幫我，以後希望我們常常往來，不要因為路遠就忘了對方。

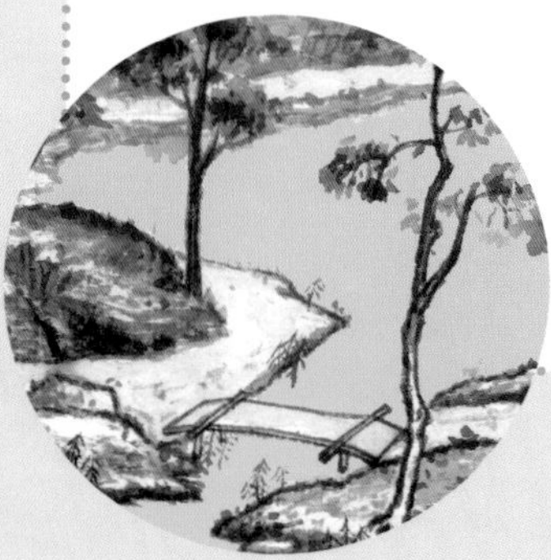

第三章　美麗的家園

「相傳古代有位可愛的姑娘住在溪邊，替人洗衣為業，這位姑娘做事勤快，人又善良，大家都很喜歡她。有一天啊，有個病懨懨的和尚，穿著髒兮兮的衣服來到河邊，見到了姑娘，哀求她說：『這位女施主，小僧好幾天沒吃飯了，可否布施一點？』布施呢，就是請出家人吃東西的意思。姑娘微笑著拿出了本來自己要吃的飯糰招待和尚。和尚大口吃完，又說：「好心人，我這僧衣好久沒洗了，可否幫我也洗洗？」姑娘毫不猶豫接過破爛骯髒的衣服，放進水中，你們猜，發生什麼事了？」杜甫坐在江邊的石頭上，正和四個孩子說著故事。

「衣服被水沖走了嗎？」大病初癒的驥子問。

「她自己跌進水裡了嗎？」膽小的映竹問，她剛剛來時不小心跌進水裡，衣服還是濕濕的。

「是不是抓到一條魚？」最貪吃的大哥熊兒說。

「我看這個和尚一定不是普通人……」最聰明的小荷說。

「是啊！這件破衣服啊，當下發出金光，後來變成了好多蓮花，漂在水上。」杜甫說：「姑娘大吃一驚，回頭一看，哪裡還有和尚的蹤影，可是啊，她的洗衣籃裡，卻多了一朵黃金蓮花呢！」

「所以這條河才叫浣花溪？」驥子問。

「是啊！」杜甫說：「浣，就是洗的意思嘛。」

從四川首府成都出城往西邊走，便會來到浣花溪邊，順著溪邊的黃泥小路，先會經過一座黃師塔，然後是黃四娘家，再走幾百步，黃泥路便分岔兩頭，一頭通到江邊；另一頭會爬上一個小坡，那裡就是杜甫的新家啦。

杜甫的新家在眾人努力下已經接近完成，建築師董大先生的設計非常巧妙，黃泥坡有條小路，鋪著杜甫和熊兒從江邊搬回來的石頭，踩過這條石徑，會遇到一棵姿態古拙的大楠樹，彎彎的枝枒，自然形成杜甫家的大門，門的兩邊是小灌木叢圍成的一道矮籬，穿過楠樹大門，五棵野生的桃樹生在庭園裡，建築師董大先生幫杜甫蓋房子，保留了原本長在這片土地上的每一棵樹，讓這些原生樹木和樹上的鳥雀，都與屋宇形成自然而和諧的關係。

繞過五棵桃樹，就是小小的茅屋，董大先生在地上打下很深的木樁，在木樁上架起地板，這懸空建築保持通風與乾燥。房子的牆壁十分特別，工人用竹片編成一道薄板，在兩片薄板中填入黃土，搗得緊實，再從外面釘上木條固定，然後刷上一層底漆，乾了以後再刷上一層白漆。這種工法不用搬磚敷泥，不但省錢，而且很快就可以完工。

最麻煩的是屋頂，竹子牆不能承受太大的重量，杜甫也沒有錢買高級的磚瓦，董大先生採用了農家最常見的方式，將稻草晒乾後，一束一束捆得非常扎實，然後再用細麻繩將這些乾草束緊緊編結在一起，鋪在竹子架成的屋梁上，再用粗麻繩固定住，屋頂就完工啦。你別小看這個茅草頂，董大先生足足幫杜甫做了三層厚實的茅草，不會壓垮房屋，也不會漏水，冬暖夏涼，非常舒適。

房子四周還有一圈迴廊，採光、通風都很好。屋外的庭院，杜甫打算種一些自己喜愛的植物，有人建議杜甫種海棠花，也有人建議杜甫種唐朝人最愛的牡丹花，也有人覺得山茶花樹非常雅緻。

杜甫這一陣子在成都認識不少新朋友，多半都是仰慕他詩才的年輕作家，杜甫向他們分享自己的寫作心得，說說李白喝醉酒

的趣事，大家交換詩篇，擊節嘆賞，杜甫像他們的心靈導師一樣，人人都希望幫杜甫的新家盡一點力。

有一天，在韋續家聚會時，韋續招待大家坐在一片綠黝黝的竹林中飲茶，風一吹來，十分涼爽，杜甫不禁感嘆：「聽說成都這裡竹子最多最美，偏偏我的新家那裡一棵竹子都沒有，真是可惜。」沒想到，第二天，韋先生居然將一片竹林移植到了杜甫新家的西邊。

又有一次，杜甫和年輕詩人講解六朝的作品，提到了潘岳這位古代最帥的才子，說他不僅詩賦俱佳，人也十分瀟灑，在河陽當縣令時，遍植桃花，整個縣城一片花海，美不勝收。「詩人追求的美，是從現實中發現的，但怎麼發現呢？首先，他自己要有一顆美善的心。」杜甫做出了這樣的結論，年輕人都十分同意，也建議杜甫學學潘岳，隔天，有一位蕭同學就捐了許多桃樹苗給杜甫。

成都的春天即將結束，杜甫的房子也即將落成。樹苗發芽生長，溪水淙淙流動，小魚徘徊，燕子高低飛翔，杜甫很想問問：

「你們在忙些什麼呢？」他感受到處處都有生命的喜悅。有一天早晨，他發現草屋後面種了一大排的小檔木，這種樹十分可愛，樹幹高且直，長得非常快，幾年就可以成為數十呎高的巨木了，夏天可以遮陽，冬天可以提供柴薪，甚至嫩葉還可以泡茶喝，這個充滿智慧的饋贈，究竟是誰的傑作呢？

杜甫打聽了許久，原來是一位叫何邕的青年。何邕是一個非常安靜的人，其他詩人每次大聲爭論或是吵吵鬧鬧時，他總是靜靜的微笑傾聽。同學都知道何邕疏財仗義，是大家心中的大好人。杜甫找到何邕，正欲向他道謝，何邕卻搶先恭恭敬敬的對杜甫行了個大禮，何邕感謝杜甫這段時間的指導，他的詩文進步許多，

北方有一位將軍已經禮聘他去從事文書工作，不久後就要離開成都了。杜甫沒想到這位認識不久的朋友，轉眼就要離別，心中雖然不捨，但也為他感到高興。

一切似乎都準備就緒了，只等一個良辰吉日，就可以搬家啦！

這天，濛濛細雨中，董大陪著杜甫再次巡禮他的家園，入口處安置了石頭雕成的燈籠，正堂前也掛起了杜甫自己寫的「草堂」兩個大字的匾額，碎石鋪成的小徑蜿蜒在花草樹木之間，汲引泉水的竹管往一個石盆瀉下一脈清泉，整個環境幽靜中帶著雅緻。

董大先生最後帶杜甫走向東側，他已經用白色的卵石圍起一個凹洞，他說：「杜先生，照例，房子的主人要親手種一棵樹，這房子才算真正完工。」

杜甫點點頭，把前幾天從韋班家裡搬來的一棵松樹苗，小心的栽入了土中，再用鏟子將土鋪好，杜甫一面鋪土，心中也默默祝禱：「小松樹啊，謝謝你願意在這裡陪著我，希望你快快長大，可以永遠守護這個美麗的家園。」

幾天後，杜甫寫了詩篇，感謝這些送他禮物的好朋友。

蕭明府處覓桃栽

奉乞桃栽一百根，春前為送浣花村。
河陽縣裡雖無數，濯錦江邊未滿園。

從韋二明府續處覓綿竹

華軒藹藹他年到，綿竹亭亭出縣高。
江上舍前無此物，幸分蒼翠拂波濤。

憑何十一少府邕覓榿木栽

草堂塹西無樹林，非子誰復見幽心。
飽聞榿木三年大，與致溪邊十畝陰。

憑韋少府班覓松樹子

落落出群非櫸柳，青青不朽豈楊梅。
欲存老蓋千年意，為覓霜根數寸栽。

詩解

這幾篇是杜甫在蓋房子的過程中寫下的作品，「明府」、「少府」都是古代官職，大約是達官身邊的文書工作人員，都由比較年輕的人士來擔任。

這幾篇作品記錄了這些年輕人因為敬愛杜甫，想要幫他的住宅添增一些植栽。杜甫收到這些充滿友情的饋贈後，十分感謝大家，作詩紀念。

最後一首的意思是：松樹終年蒼翠，和一般植物氣度不同。而你若想有一棵枝葉像車頂那麼大的松樹，需要很久的時間，所以現在，我們要從只有幾寸的小樹苗種起。這裡意味做大事業，也須從頭做起，要有耐心，不可心急。「霜根」，就是耐霜的樹根，指松樹苗。

杜甫這幾篇作品，詳細記錄了生活中的小事，他認為從小事中看見的情感是最真摯動人、最值得書寫的。這種類似日記，但又同時蘊含人生哲理的詩篇，是杜甫創作的一大特色。他被稱為「詩史」，正是因為這種非常真實的日常紀錄；而他被稱為「詩聖」，則是因為他在這種作品中，流露出生動的人情，以及帶有啟發人生的韻味。

第四章　發狂的牛

杜甫的草堂完工了，但為了將來的生活，杜甫決定在住家後方種一些水果樹。四川這裡氣候宜人，盛產水果，一年四季，枇杷、櫻桃、李子、橄欖、蜜桃、柿子、桑葚、橘子……什麼都有。成都最大的果樹農場，是由一位住在

石筍街的徐卿經營，他十分慷慨的說，只要杜甫為他寫一首詩，他可以讓杜甫將這些果樹搬去栽種，約好只要第一年收成時，分他一半就好。杜甫很感謝的寫下〈詣徐卿覓果栽〉：

草堂少花今欲栽，不問綠李與黃梅。
石筍街中卻歸去，果園坊裡為求來。

徐卿很得意的說，他雖然沒念過書，只會種樹，但他相信自己的名字可以因為杜甫而流傳千古，絕不吃虧啦！

杜甫帶領著家人忙著種水果樹，王表弟還為杜甫開闢了一個小小的藥圃，種一些草藥，既可賣錢，又可自用。杜夫人則是準備搬家的事，家裡雖然窮，但東西還不少呢，收拾起來也花了一些時間。

杜甫認識了好幾位新鄰居，首先是就在杜甫家旁邊的羅老頭，羅老頭本來受雇於地主裴冕，負責管理這一帶的土地和田產。他外表看起來有點凶惡，手中握著一條粗大的櫸木拐杖，但其實心地十分善良，每天打著赤腳在附近巡邏，但那些常來偷摘水果的小孩，都叫他羅公公，一點都不怕他。羅老頭常一個人喝酒，杜甫聽說他的夫人前兩年去世了，女兒嫁去遠方，一個兒子也被國家徵調去打仗，心裡一定非常寂寞，因此有時從成都的宴會裡帶上半壺酒，陪羅老頭坐在江邊的石頭上聊聊天。

還有一位住在北邊山腰上的先生，年紀和杜甫差不多，據說當過縣長，但他和陶淵明一樣不喜歡官場文化，年紀輕輕就辭官歸隱了。他穿著平民的服裝，戴著白色的帽子，經常帶些自己種的瓜果來探望杜甫。

最奇特的人物是住在南山邊上的，一位戴著「烏角巾」的錦里先生，他滿頭白髮卻一臉紅潤，有人說他七十，也有人說八十，還有人說他可能一百歲了。山邊一帶的山藥園和栗子園都是他的產業，但他年紀一把了，還每天到江邊來挑水，一擔兩桶，而且從不讓別人幫忙。

沒有人聽過錦里先生說過一句話，但有一次，他竟然邀請熊兒、驥子坐上他的小船，在河邊划來划去。他們回家後十分開心，杜甫很擔心的問熊兒：「老先生駕船的技術好嗎？」

「老先生說，你只要懂得水流的個性，順著它走，就能相安無事，」熊兒說：「但你若想征服水流，和它做對，它就會反過來吞掉你。」杜甫沉思了很久，認為錦里先生是世外高人。

杜甫決定去拜訪他，應門的小童笑嘻嘻的說：「主人正在與朋友聊天，您可自己去找他。」杜甫漫步在廣闊而荒蕪的園林中，並不知道錦里先生在哪裡。杜甫走著走著，聽見鳥聲啁啾，赫然發現錦里先生正坐在一座荒涼的小亭子裡，亭子四周有白鶴、烏鴉在漫步，還有白雉和孔雀翩翩起舞；而他身邊，甚至肩上、臂上，停滿了小鳥：八哥、烏鶇、斑鳩、戴勝、杜鵑、鷦鷯，嘰嘰喳喳說個不停，兩隻老鷹盤旋於涼亭上，偶爾發出幾聲嗷嘯。杜甫不敢走近，遠遠的望著錦里先生，心中十分佩服。杜甫知道鳥能讀懂人的心思，唯有完全沒有心機的人，才能跟鳥如此親近。

終於，搬家的黃道吉日來臨，杜甫借了一輛牛車，載上所有家當，往草堂出發。本來，一路上非常順利，但沒想到，到了草堂附近，一隻大蜜蜂不知怎麼飛的，往拉車的黑牛眼睛上撞了一下，不得了，這一撞，黑牛狂性大發，放開四蹄，拼命往前衝去，拉都拉不住，眼看就要衝入江水中了。

正挑著水桶打水回家的錦里先生，走在黃泥路上，見大黑牛狂奔而來，不但沒有閃避，反而伸出一隻手，口中發出「荷——荷」的聲音，

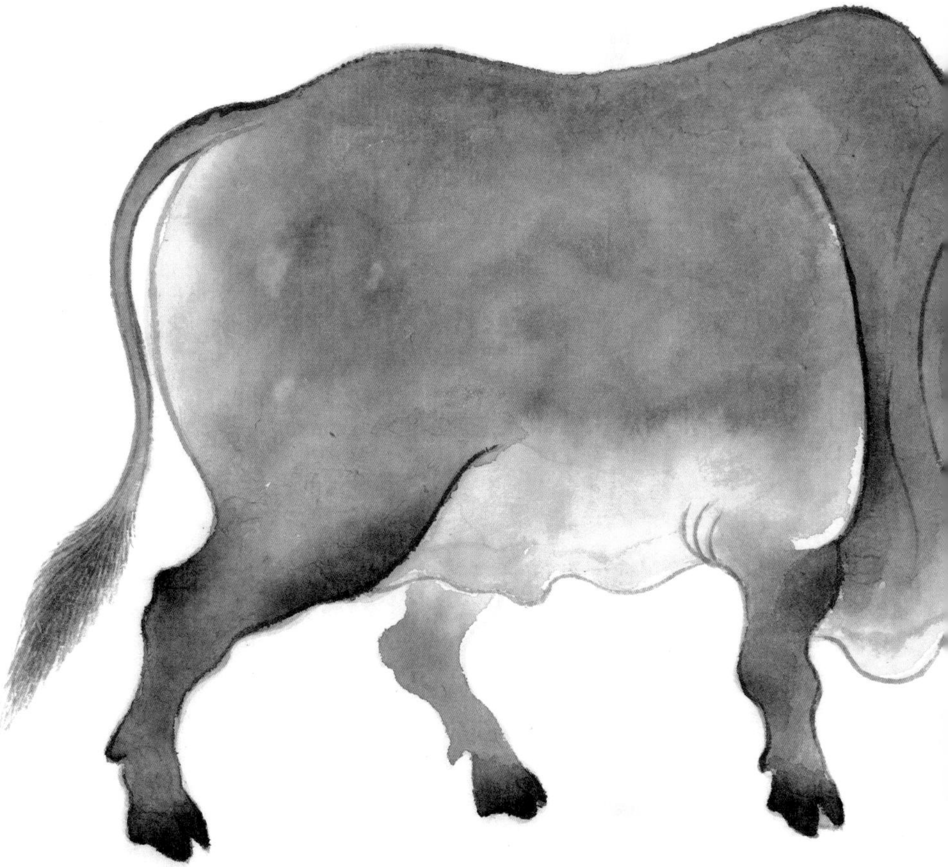

說也奇怪，正要撞上去的大黑牛竟猛然停下腳步，歪著眼、甩著頭，從鼻孔噴出幾陣熱氣來。錦里先生拍拍大黑牛，好像在牠耳邊說了幾句話，大黑牛似懂非懂的點點頭。

氣喘吁吁趕來幫忙的羅老頭連忙拉住韁繩，驚魂未定的杜甫正要向錦里先生道謝，錦里先生已經挑著水桶，一步一步的遠去了。

這一次交通意外，還好人都平安，只是小孩受到一點驚嚇，但最糟糕的是所有的磁器碗盤，全都打碎了，這可怎麼吃飯啊！杜甫和夫人相對苦笑，不知該如何是好。

黃昏時，杜甫採了一些大竹葉，準備當晚餐的餐具，門外忽然一陣犬吠，草堂的第一位客人光臨了，原來是上一次送杜甫小松樹的韋班，騎著一頭小驢子來了。

「杜老師，你們一家都沒事吧？」

「嗨，謝謝你，」杜甫笑著說：「人是沒事，但那些碗盤，可禁不起這麼一折騰。」

「人沒事就好，人沒事就好。」

「韋班啊，你怎麼知道我們今天發生的意外啊？」

「杜老師，你有所不知，」韋班說：「今天錦里先生大施神技，整個成都府都已經傳得沸沸揚揚，還有人說他駕著一片雲飛走了呢！」

「哈哈，哪有此事。」杜甫說：「不過今天也真要感謝他，我到現在還不明白，他是怎麼按下這頭大黑牛的。」

「先不說錦里先生了，杜老師，」韋班說：「正巧，你的碗盤砸了，我呢，就給你送新的來了。」說著，韋班從驢背上卸下兩口小箱子，小心的從裡面捧出雪白的瓷器。

「韋班，你怎麼有這麼漂亮的傢伙？」杜甫問。

「嘿嘿，這是借花獻佛。」韋班說：「我有個姊姊嫁到大邑縣，那裡盛產瓷器，姊夫就是個燒瓷的師傅，一年總給我們送許多碗盤來，這些，您就先用著，有需要我再送來。」

「足夠了，足夠了，真是太謝謝你了。」杜甫輕輕敲著又薄又白的瓷盤，聽著那好聽的嗡嗡之聲，「你們，你、何邕、韋續、老蕭、果園的徐卿，你們真的幫我太多了。」

當晚，杜甫與韋班在充滿竹木與稻草香的草堂裡，痛快的喝了一頓酒，杜甫趁著酒意，寫下了詩篇送給韋班：

大邑燒瓷輕且堅，扣如哀玉錦城傳。
君家白碗勝霜雪，急送茅齋也可憐。

詩解

詣徐卿覓果栽

草堂少花今欲栽，不問綠李與黃梅。

石筍街中卻歸去，果園坊裡為求來。

又于韋處乞大邑瓷碗

大邑燒瓷輕且堅，扣如哀玉錦城傳。

君家白碗勝霜雪，急送茅齋也可憐。

第一首詩記錄了杜甫到石筍街買果樹苗的心情。第二首詩則是寫他收到大邑瓷器的喜悅與感激，最後一句的「可憐」，是「可愛」的意思。

杜甫這個時期的作品，除了「詳實的記錄」這個特色，另一個特色是帶著一種日常口語的風味，主題也環繞著各種動植物，似乎離開繁華的政治中心，杜甫在田野間，心情也得到自由，將視線由「人」的世界，轉向了「自然」。

這種即興式的作品，打破了中國的詩歌嚴謹、肅穆的沉重感，而帶有親近、幽默的氣息。

後來宋朝有一群人很喜歡模仿這類作品，例如南宋的楊萬里，他有一首〈小池〉：

泉眼無聲惜細流，樹陰照水愛晴柔。
小荷才露尖尖角，早有蜻蜓立上頭。

一隻小蜻蜓，站在剛剛露出尖角的荷花苞上，多可愛的景象啊！這種捕捉題材的手法和自然平易的語言，就是學杜甫的。

第五章　堂成

黃昏悄悄降臨，金色的夕陽為晚春樹梢、草尖、花蕊抹上一層黃暈，也為矗立在郊野中的詩人的家，塗上了幽靜的色彩。

杜甫送賓客到那條黃泥路上，達官的車馬之聲、年輕詩人們的笑聲，慢慢消失在路的盡頭，杜甫沐浴在傍晚的暖風裡，心中既有一絲感動的喜悅，但不知為何，卻也帶著淡淡的惆悵。

今天一大群朋友來到杜甫的新家，高適、裴冕、韋班、何邕、王表弟……，大家都對這棟新房子讚譽有加，只是裴大人仍然覺得太簡陋了，他甚至希望杜甫如果願意，明年可以搬到城裡去住，

不必住在荒郊野外。

高適很關心杜甫未來的生活，杜甫帶大家參觀了竹林、樹叢、果園、菜圃和藥欄，他們發現杜甫除了作詩，植栽的功夫也很不錯，這些植物都欣欣向榮，只要沒有太嚴重的天災，杜甫要養活自己不成問題。高適拍著杜甫的肩膀，笑說他就像漢朝的揚雄一樣，可以隱居在蜀地，不問世事，專心寫出偉大的作品。

在朋友們的歡笑和勸酒聲中，杜甫心想自己從洛陽到長安，在戰亂裡流浪到西北的秦州，又一路南來，度過重重窮山惡水，終於在成都府找到了落腳的地方，這裡和他毫無淵源，全仗著一群熱心好朋友的溫暖與敬意，才讓他與一家人有了安居的天地，有了一個可以遮蔽風日、可以讀書種菜的小世界。他的心裡滿懷感激，斟了一大杯酒：「各位兄長、各位好友，如果不是你們，我老杜今天還在破廟中捱餓受凍呢，這份情意，無以為報，我就乾了這杯！」朋友們的熱情讓杜甫再次感受到人間的溫暖。

夕陽中，朋友一一辭別，一支牧笛從遠處傳來幽幽的樂聲，杜甫在青草與野花的芬芳中漫步回家，心中也不免想：「那支笛子並不知道自己的聲音有多美麗，但是我卻知道自己有一個責任……」杜甫年輕時，一心想要「致君堯舜上，再使風俗淳」，為國家人民做出一點貢獻，但現在他只能成為一個獨善其身的隱士，一個自給自足的農夫，或是一個單純的詩人。他心想：「這樣的世界固然很好，但是，難道人生就該終老於此嗎？」杜甫想起洛陽的老家，也掛記著長安城裡的皇帝，想到戰亂未息，也不禁深深嘆了一口氣。

穿過楠木大門，走進小院，卻看到孩子們疊著羅漢，熊兒趴在桃樹下，驥子站在哥哥的背上，而他自己肩上還坐著妹妹映竹，小荷卻在一旁說：「換我了，換我看了。」

「你們在玩什麼呀？」杜甫問。

「他們說，樹上的鳥巢，剛剛孵出了好幾隻小鳥啊！」小荷說：「所以我們輪流看小鳥呢！」

杜甫一時好奇，踮起腳尖：「唔，桃樹枝上是有個鳥巢，很少看到鳥巢這麼低的啊！」他抱起小荷，讓她坐在肩頭：「你來數數，有幾隻小鳥？」

濃密的枝椏間，一個碗大小的鳥巢安穩的固定在那兒，仔細數數，裡面正好四隻剛孵出來的幼鳥，全身只有短短刺刺的幾根黃毛，卻張了黃色的大口「啊！啊！」直叫。

「一二三四，」小荷說：「爸爸，是四隻。」

「沒看見老烏嗎？」杜甫問。

「沒有。」

「一定是去找東西吃啦！」另一邊的映竹說。

「喂，小荷，你抓一隻下來我看看。」趴在地上的熊兒說。

「我不敢哪！」

「膽小鬼，」熊兒說：「你們先下來，我爬上樹去抓。」

「哇！救命啊！」忽然兩個小女生同時尖叫起來。

原來，一隻大黑鳥從高處撲下，有力的翅膀朝孩子們的頭上揮去，打得她們隱隱作疼。

「是老鳥回來啦，我們別打擾牠們吃飯了。」杜甫放下小荷，映竹也從哥哥身上跳下來。杜甫說：「熊兒啊，你可不准去偷鳥啊，你看，四隻小鳥就像你們四個，要是有人把你們其中一個從我身邊抓走，我可不是急壞了嗎？我們要將心比心。」

「知道了，爹，」熊兒說：「這鳥太小，不能吃，我明天去釣魚給大家吃。」

太陽已經下山，遠方殘餘著紅藍交揉的霞光，一彎新月已在天邊，茅草屋裡透出昏黃的燈光，十分溫暖而寧靜。

屋子後面陣陣炊煙，「我們也該吃飯了，走，幫你娘盛飯去。」杜甫牽著女兒的小手慢慢踱進屋裡，孩子們的笑聲讓杜甫感到一陣異樣的幸福，不覺吟成了詩篇：

背郭堂成蔭白茅，緣江路熟俯青郊。
榿林礙日吟風葉，籠竹和煙滴露梢。
暫止飛烏將數子，頻來語燕定新巢。
旁人錯比揚雄宅，懶惰無心作解嘲。

這時，窗外一隻小燕子乘著清淡的月色，輕盈的穿過樹梢，隱沒在草堂屋簷下，牠剛剛築好的新巢。

詩解

背郭堂成蔭白茅，緣江路熟俯青郊。
榿林礙日吟風葉，籠竹和煙滴露梢。
暫止飛烏將數子，頻來語燕定新巢。
旁人錯比揚雄宅，懶惰無心作解嘲。

這首詩的題目是〈堂成〉，也就是杜甫草堂完工，他懷著無比歡喜的心情，寫下草堂的美麗和自適之情。

郭，指的是城牆。詩中說，屋頂鋪著白茅草的小房子遠離都會，在江邊高處可以俯瞰郊野。那些榿樹、竹林都很有詩意，小鳥和他一樣都在這新家得到安歇。有些朋友和他開玩笑，說他這裡就像漢朝大文豪揚雄的住宅，杜甫可在這完成偉大的文學作品，但杜甫謙虛的說這裡太舒服了，我只要好好享受甜美的日子，暫時不去寫那種偉大的文章啦！

從〈卜居〉到〈堂成〉，大約只花了不到三個月的時間，草堂的簡陋是可想像的，但簡陋的房舍中，因為有了家的溫暖和朋友的情義，因此可以說是最動人的小世界。在這個過程中，詩人寫出了情感可以彌補一切缺憾，可以支持所有夢想的可貴。

杜甫的草堂並沒有破壞大自然，然而是利用了原有的草木，蓋成了天人合一的住宅。房子的四周被植物環繞，屋中的梁上也有燕子共居；與自然和諧共存、彼此友愛，一直是杜甫的理想。在這個過程中，杜甫以詩歌記下了曾經幫助他的人，這些人大多名不見經傳，但因為他們對詩人的愛，讓後世永遠記得這些名字。

杜甫的「草堂」，後代持續翻修，今日已經變成了一個遊覽名勝。面貌雖然和原始的草堂大不相同，但杜甫仁民愛物的情懷，以及充滿感情的回憶，都是他留給後世的禮物。

第六章　草堂歲月

杜甫現在起得很早，曙光才露，遠處雄雞初啼，他便起來漫步在園林裡，細看這些日漸茁壯的花果，心中非常滿意。澆灌了菜圃，有時他也會在附近的田野走走，駐足欣賞白鷺鷥翱翔在青山水田間的悠然風景。辛勤的農人都成了他的好朋友，杜甫關心他們的收成，有時也向他們請教農作物的栽種之法。他覺得自己真像一個農夫，在〈為農〉這首詩中說：

錦里煙塵外，江村八九家。
圓荷浮小葉，細麥落輕花。
卜宅從茲老，為農去國賒。
遠慚勾漏令，不得問丹砂。

杜甫心中覺得親近土地以後，那些紛繁的國家大事，名利的爭奪，都離他愈來愈遠；年輕時，他還跟李白一起修道煉丹，但現在，他覺得應該效法這個大自然的世界，不必追求長生不老。

幽靜的歲月，讓他不再計較很多事，有時讀書，遇到一個不會念的字，他就學陶淵明「不求甚解」的跳過去，他發現，簡單、樸素的人生，反而有更豐富的心靈體驗。

不過，今天杜甫比較慎重，他一早起來便打掃了院子，早早把大門打開。有個遠房的舅舅崔先生，特地來探訪杜甫。

一直等到了將近中午時分，崔先生才搖搖晃晃騎著驢子來到。這位舅舅是母親的堂弟，杜甫幼年時，常來探望杜甫，送他幾本書，幾枝筆，有一次還給他帶了一個皮球。現在崔先生七十好幾了，身子還很硬朗，一進門就發出爽朗的笑聲，從口袋摸出糖果送給幾個孩子。

「唔唔，你這裡挺不錯的嘛。」崔老先生一屁股坐下來，喝著涼茶，環顧四周，打開話匣子：「只是你不在長安做官，跑來這裡幹嘛？」

「老舅你有所不知，長安現在新人新政，我們這批老臣，已經沒有用囉！」

崔老先生聽出杜甫話中好像有點失落，連忙安慰他：「你別灰心，成都這裡是好地方，氣候好，人情好，你在這裡正好教孩子讀點書，不要像你爸爸當年——」

小時候，杜甫的父親遊宦四方，杜甫一年也難得見到他一次。

「而且我聽說啊，」崔老先生接著說：「不久後可能有個大人物要來掌理四川呢。」

「誰啊？」杜甫好奇的問。

「嚴武呀！」

「啊，是他！」杜甫非常訝異，也陷入了回憶中。

原來杜甫當年在長安和嚴武的父親嚴挺之是好朋友，當時嚴武只有十來歲，相貌堂堂，弓馬武藝也相當傑出，嚴挺之卻希望嚴武多讀點書，常請杜甫指導嚴武。嚴武非常尊敬杜甫，杜甫也很欣賞嚴武的爽朗灑脫，他對嚴武說：「男兒建功立業，要靠你的英勇和才智，這些書，你知道個大概就好。」後來嚴武果然帶兵打仗，屢戰屢勝，成為大將軍。杜甫那時便稱讚他：「蛟龍得雲雨，鵰鶚在秋天。」嚴武成為大將軍後，仍然不忘杜甫當年的教導，常寫詩給杜甫，杜甫很高興，說他：「新詩句句好，應任老夫傳。」

崔老先生這幾年漫遊南北，見多識廣，非常健談，杜甫聽他滔滔不絕說起各地趣事，聽得津津有味。中午時，杜甫招待他自家種的蔬菜、自家釀的米酒，崔老先生對這種田園風味非常滿意，兩人從屋內喝到屋外，隔壁的羅老頭正好巡田回來，禁不起杜甫相邀，也加入了他們，喝光了他們的老米酒。夕陽西下，崔老先生要告辭了，杜甫非常不捨，寫下了詩篇相贈，盼望他日後有空多來造訪：

舍南舍北皆春水，但見群鷗日日來。
花徑不曾緣客掃，蓬門今始為君開。
盤餐市遠無兼味，樽酒家貧只舊醅。
肯與鄰翁相對飲，隔籬呼取盡餘杯。

詩解

錦里煙塵外，江村八九家。
圓荷浮小葉，細麥落輕花。
卜宅從茲老，為農去國賒。
遠慚勾漏令，不得問丹砂。

這一首〈為農〉詩是說，他住的「錦里」這一帶隔離紅塵，居民不多，春夏之交，植物都細細生長。他在這樣的大自然中，想要終老於此地，做一個農夫；不再想到遙遠的京城去當官（這裡的

「國」，指的是京城長安；「賒」是遙遠的意思）。這樣的世界中，想起很多隱士都想煉丹砂以求長生不老，但他現在也沒有這個打算了，就單純的做一個老農夫，已經心滿意足。

舍南舍北皆春水，但見群鷗日日來。
花徑不曾緣客掃，蓬門今始為君開。
盤餐市遠無兼味，樽酒家貧只舊醅。
肯與鄰翁相對飲，隔籬呼取盡餘杯。

這首詩題目是〈客至〉，就是書寫好友來訪的心情。

家門前後一片水溶溶的世界，平常只有鷗鳥來訪，但今天有稀客前來，主人親自掃了小徑，開了大門等待對方。中午招待客人吃飯，由於地處荒僻，沒有城裡的大魚大肉，只有幾道家常小菜，淡淡的酒也是自己手工釀造的。如果客人同意，就找鄰居一起共飲，開懷的度過這一天。

這兩篇作品寫得清淡閒適，有微觀的書寫，如小小的荷葉、細細的麥花；也有人情的描繪，如殷勤的打掃、和鄰居的邀約等。杜甫的詩，寫過安史之亂中的愁苦，如今呈現另一種怡然自得的風格，大自然是最好的心靈之藥，療癒了杜甫的憂患與苦悶。

第七章　遠方的來信

清江一曲抱村流，長夏江村事事幽。
自去自來堂上燕，相親相近水中鷗。
老妻畫紙為棋局，稚子敲針作釣鉤。
多病所須唯藥物，微軀此外更何求。

天氣漸漸炎熱，忙完春天的農事，杜甫一家人也清閒了起來，小烏鴉、小燕子慢慢長大，已會迴飛於院中，杜甫常常登上附近的小山俯瞰整個世界，浣花溪就像慈母的手臂，摟著這個與世無爭的小村莊。

杜甫的生活有時很克難，凡事皆需要自己動手製作。例如有時和妻子下棋，他們雖有一副用白色貝殼和黑色燧石做的棋子，但苦無棋盤，杜夫人就用他寫字的棉紙，和自己裁衣服的長尺，畫成一個大棋盤。杜甫不精棋道，常被杜夫人殺得一敗塗地。

熊兒釣魚的技術愈來愈厲害，每天都有不少收穫。他自己砍了竹子幫弟弟妹妹做釣竿，魚鉤呢，外面賣得太貴了，他就拿了媽媽的縫衣針，用一塊石頭敲成了彎彎的魚鉤。

杜甫發現熊兒一要讀書寫字就打瞌睡，但叫他修圍牆、補柵欄、養雞、種樹、修理門窗、捏陶、劈柴等等，無不做得又快又好，杜甫心想，也許熊兒在這方面是一個了不起的天才。驥子呢，則對文學興趣比較高，在杜甫的教導下，已熟讀了半部《文選》，也會寫詩了。兩個小女兒是媽媽的好幫手，烹煮、縫衣或布置打掃，都能有條不紊的完成。一家人和樂融融的在草堂享受著初夏的美好時光。

秋風吹起，今年的收穫不錯，轉眼冬天就要來到，杜甫在四川定居也快一年了。杜甫最近忙著積柴堆薪，以備冬時之需。

這天，杜甫和熊兒正從山上背了兩捆木柴下山，遠遠卻見黃塵揚起，似有人馳馬奔向草堂，連忙回到家中。沒多久，兩匹神駿的黑馬上兩個穿著鎧甲的軍士，已雄糾糾的來到草堂門口。他們俐落的跳下馬，頭盔上的羽飾迎風飄揚，見杜甫迎來，拱手行了一個軍禮，其中一人高唱：「大唐門下省杜左拾遺甫接令。」

杜甫腦中轟然一聲巨響，沒錯，杜甫曾經在長安做過皇帝身邊的諫官「左拾遺」，那是他最得意的日子，只要認為政府施政有任何不當，都可以直接和皇帝表達自己的意見。但是，已經好久好久沒人這樣稱呼他了，他幾乎都忘了自己曾有這樣的稱呼。

杜甫向前也行了個禮，從軍士手中接過一封文書，兩位軍士一拱手，轉身上馬，揚塵而去。大家都被這一幕震撼了，寧靜的江村，大家第一次看到帝國的甲士。

杜甫開信一看，原來是嚴武從長安遣快馬來信，他下個月真的要來出任四川節度使並兼任成都市市長，他在信中除了問候杜甫，並希望杜甫做好準備，未來能到成都輔佐他。

杜甫心中百感交集，拄杖步出門外，來到江濱，他想到自己的詩：

蒼天變化誰料得，萬事反覆何所無。

他眷戀這一年來寧靜的田園歲月，但也懷有再次出仕的澎湃雄心，他回頭望向那隱翳在樹叢中的草堂，想起孩子們快樂的笑聲。

一陣勁疾的江風吹來，吹落了他的帽子，飄動他的滿頭白髮。

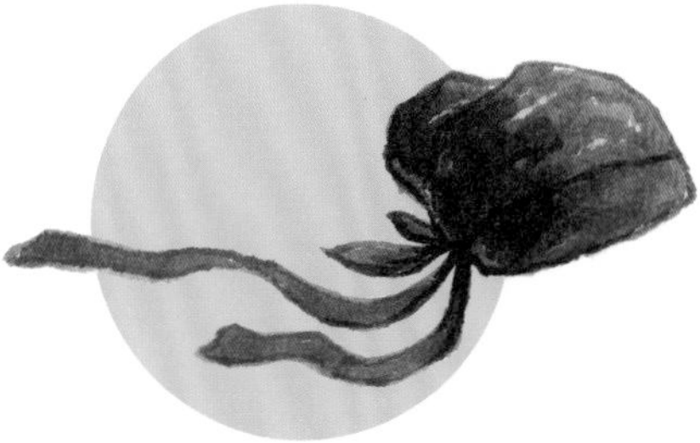

詩解

清江一曲抱村流，長夏江村事事幽。
自去自來堂上燕，相親相近水中鷗。
老妻畫紙為棋局，稚子敲針作釣鉤。
多病所須唯藥物，微軀此外更何求。

〈江村〉這篇作品描繪杜甫一家，在草堂度過夏天的情景。

燕子是自由的，水鳥是相愛的，杜甫寫身邊的動物，其實寫的是他自己的內心和家人的感情。老妻與稚子安閒快樂，是他最大的安慰；相對於過去安史之亂中，杜甫詩中總是充滿淚水、煩惱和擔心，這時的作品表現出優游快樂之情。

詩的最後，杜甫覺得眼前的一切都讓他十分滿足，此生好像已經沒有什麼是他一定要去積極追求的東西了。這樣平靜的生活，卻在幾年後又因為戰亂而破滅，杜甫晚年被迫離開草堂，再度踏上流浪的旅途。但——那又是另一個漫長的故事了。

【作者的話】

「空間」不僅是生活起居的活動範圍，也是心靈感受和美感追求的真實展示，一位偉大的詩人，一定具有豐富的情感和無窮的想像，那麼他的家園，應該是什麼樣子的呢？

詩聖杜甫生活在遙遠的唐代，他用詩篇記錄了一生的行蹤，也詳細描繪了身邊的人事物，用充滿溫馨和幽默的筆調，寫下了生活裡的點點滴滴。在漂泊的一生中，杜甫在「草堂」度過了平適安閒的歲月，這本書，就是透過詩人的眼睛，訴說這渺小卻偉大的家園，乃是用友情所建築、以親情來完成的故事，寄寓了人與自然的和諧關係，也傳達了詩意無處不在的藝術理想。

傳統文化曾經教導我感謝與包容，也引導我明白和善之美與謙卑的智慧，這本書希望透過詩人親手搭建的小小房屋，讓我們重溫舊日時光，在蔥籠草木和孩子的笑語聲中，領略人間永恆不滅的愛。

【作者簡介】

徐國能，師大國文系教授，古典詩學者、散文家。著有杜甫相關學術論文數十篇，並有散文集《第九味》、《煮字為藥》、《綠櫻桃》、《詩人不在，去抽菸了》、《寫在課本留白處》等。另有童書《字從哪裡來》、《文字魔法師》。

【繪者簡介】

周見信，在圖像創作、美術教育與兒童文學之間遊走。二〇一六年以《小白》獲得信誼幼兒文學獎圖畫書創作首獎，尚出版有《尋貓啟事》、《小小的大冒險》、《小松鼠與老榕樹》、《雞蛋花》、《小朱鸝》、《壹號月台》等圖畫書。

小世界，大情感——

杜甫和他的詩歌藝術

文／徐國能

發自人類內心最純粹的天真情感

有一天，詩人發現有一隻怪裡怪氣的水鳥，總是在井邊繞來繞去，好像在檢查他家的這口井，是不是夠深；又有一天下過雨，居然有蚯蚓一扭一扭的從客廳的泥土地裡鑽出來透氣；過了幾日，詩人坐著小船準備渡河，沒想到河道中央被一群黃絨絨的小鵝占據了，牠們本來整齊的排著隊伍，但船隻衝亂了牠們的行列，小鵝和鵝媽媽很不高興，對著小船啞啞提出抗議。

這些小動物有趣的樣態，被杜甫一一記錄在詩歌裡，並加入了很多想像。我們如果檢索一下中國古代的詩作，這種充滿童趣的觀察和讓人會心一笑的描寫，好像只有在杜甫的詩中曾經出現。每一個孩子，都希望趕快長大；但許多大人，卻想回到童年，我們有時稱杜甫為「老杜」，但他卻保有孩子般的純淨心靈。

在中國古代詩人中，杜甫常常被我們稱為最偉大的詩人，為什麼呢？他留下了一千四百多首作品，並不能算最多；他一生中並沒有做過什麼顯赫的大官，甚至兩次科舉考試，都沒有考取任何功名。而且我們知道，在唐朝，他的作品並沒有廣受歡迎，與他同時期的李白、王維，晚於他的白居易等詩人，名聲都比他高出許多。但我們現在公認杜甫的詩歌是人類文明的瑰寶，正是因為他在詩歌裡流露了發自人類內心最純粹的天真情感。

連結時空的詩史精神

杜甫當時面臨的時代，是一個由盛世急遽轉向衰敗的過程，杜甫在年輕時，對於貴族的驕傲奢侈多所批評，對於君王向外發動戰爭也覺得十分不安，他認為人民應該受到更多照顧，而邊疆民族只要不來侵犯國土，雙方應該和平共存，相親相愛。可惜當時沒有人理會杜甫的意見，就在他四十三歲時，唐朝爆發了嚴重的戰亂，擁有龐大軍隊的將軍安祿山起兵叛變，皇帝倉皇逃難，繁華的盛世忽然陷入了殘破與離亂之中。杜甫目睹國家崩壞，他自己的理想也宣告破滅，他帶著家人從西北流浪到西南，最後又到了江南一帶，病歿於美麗的洞庭湖邊。

杜甫早期寫過很多關懷社會的作品，表現出他對於所有人類的同情與博愛；戰爭爆發後，他記錄了一路所見，那些奇風異俗、人情冷暖，都在他的筆下栩栩如生。杜甫也用他的詩筆，記錄了好幾位唐代重要的藝術家。詩仙李白「天子呼來不上船，自稱臣是酒中仙」的醉態可掬，歌唱家李龜年「岐王宅裡尋常見，崔九堂前幾度聞」的一時風光，舞蹈家公孫大娘「觀者如山色沮喪，天地為之久低昂」的精彩演出，畫家曹霸「文采風流」、「慘澹經營」的藝術形象。這些作品，讓我們在後世也能理解唐代的文化活動，所以很多人稱杜甫為「詩史」，就是說他在詩裡記錄了時代，同時在這些紀錄中，也像史書一樣，對當時社會提出了反省或感嘆。

溫柔敦厚的細寫生活的真實原貌

詩歌，本來是屬於貴族世界的東西，早期詩人所賦寫的內容，經常是君王、宮殿、宴遊、宗教神仙，或是功名富貴這些脫離現實生活的東西。但杜甫則是用詩歌描寫身邊的一切，把日常生活裡的平凡活動都看成是很有「詩意」的一件事。例如他請大兒子杜宗文樹立一圈柵欄，免得家裡養的放山雞被狐狸叼走了，他為此寫了一篇作品；又如他接引山泉的竹筒壞了，僕人到山裡為他修繕，他便請僕人吃餅乾，這種小事也寫成了詩。其他如種萵苣菜、摘野生的蒼耳來吃、檢查果樹的生長等等，無一不成為有趣動人的篇章。他的詩讓大家發現，原來詩歌應該貼近我們自己的生命，而不是好高鶩遠、只說大話。杜甫的詩裡經常描寫他的家人，以及周遭的小動物，這也是其他詩人的作品中所看不到的主題。

偉大的藝術，往往來自於平凡；感人的作品，是在尋常的小事裡發覺情感，並從中體會深刻的哲理。杜甫的詩篇，圓滿的詮釋了這個原則。正如這本書中所說的故事，朋友們幫詩人蓋了一間簡陋的「草堂」，詩人用他的詩句記錄並感謝這充滿友愛的一切，一棟小小的茅屋，讓我們在千年後尚能體會那其中蘊含的溫情。因此杜甫不僅是愛國的詩人，他也愛著家人、朋友、鄰居和周遭所有生命。

無所不在的同情與關懷

嚴武來到成都後，讓長期當兵的年輕人回家種田，村子裡的老人都很感謝，杜甫聽到人家稱讚嚴武，也覺得格外開心；有一天秋風大起，吹壞了杜甫家的屋頂，夜裡秋雨打濕了杜甫的床被，但他卻突發奇想，盼望天下所有人都能安居樂業，自己受苦是沒關係的。而杜甫最後終於要離開他的家園時，還念念不忘的寫了一首詩，要新的屋主好好對待附近一個無食無兒的老婦人。有時我讀到這些詩篇，深深感到杜甫在文學藝術之外，更有一種崇高而偉大的情懷。

在現實生活中，歷經許多挫折的「大人」，經常變得比較冷漠、比較勢利，凡事只看利益得失，童年時的同情、好奇和想像雖然也不曾消失，但不是被壓抑在心底，就是被我們刻意淡忘。而藝術的目的，就是幫助我們回到童年的視野或心情中，找回失去已久的純真。我認為杜甫真正的偉大，正是因為他透過詩句重現並喚起了我心中久違的感覺。

孩子並不是「知道的比較少的人」，而是用另一種眼光觀看世界，用另一種情感回應世界的人。有時，我讀了幾首杜甫詩，如「兩箇黃鸝鳴翠柳，一行白鷺上青天」之類，那些早已遺忘的孩提時光，那些夢裡的落花，好像又重新來到我的眼前。

國家圖書館出版品預行編目 (CIP) 資料

為詩人蓋一個家 / 徐國能文 ; 周見信圖 . -- 初版 .
新北市 : 步步出版 : 遠足文化發行 ,
2019.08
面 ; 14.5 公分 x 21 公分
ISBN 978-957-9380-39-3(平裝)

863.59　　108009912

爲詩人蓋一個家

文／徐國能　圖／周見信

步步出版

執行長兼總編輯／馮季眉　編輯總監／周惠玲

編輯／徐子茹、戴鈺娟、陳曉慈　美術設計／周見信、李鴻霖

讀書共和國出版集團

社長／郭重興　發行人暨出版總監／曾大福

業務平臺總經理／李雪麗　業務平臺副總經理／李復民

實體通路協理／林詩富　海外暨網路通路協理／張鑫峰

特販通路協理／陳綺瑩　印務經理／黃禮賢　印務主任／李孟儒

發行／遠足文化事業股份有限公司　地址／231 新北市新店區民權路 108-2 號 9 樓

電話／02-2218-1417　傳真／02-8667-1065

Email／service@bookrep.com.tw　網址／www.bookrep.com.tw

法律顧問／華洋國際專利商標事務所・蘇文生律師

印刷／凱林彩印股份有限公司　初版／2019 年 8 月　初版三刷／2021 年 5 月　定價／300 元

書號／1BCI0001　ISBN／978-957-9380-39-3